古事記を奏でる
CDブック 上巻

著／作曲・ピアノ演奏・語り・歌
神武夏子

まえがき

私は、エリック・サティと「フランス六人組」※の音楽を専門に演奏しているピアニストです。それが、「なぜ『古事記』を?」と、よく質問を受けます。三年前、『古事記』編纂《へんさん》一三〇〇年をいろいろなところで目にするようになって、『古事記』を語り音楽で表現しようと思いたちました。

もともと母方の祖父が近江神宮の宮司だったので、神社や神様は身近にあったのです。そして私の名前は、神武夏子《こうたけなつこ》。結婚して、この姓になりました。

神武一族は、福岡県糟屋郡宇美《かすやぐんうみ》(この地名も『古事記』に出てきます)の宇美八幡宮(第十四代仲哀《ちゅうあい》天皇の大后神功皇后《じんぐうこうごう》が、第十五代応神《おうじん》天皇を生んだところ)がある地に住んでいます。そして、神武の先祖は神功皇后が出産される際、その手助けをしたと伝えられていて、宇美八幡宮の社家《しゃけ》の筆頭だったとのことです。まさに『古事記』が息づいている地を故郷として、その歴史や風土を大切に思うことが、『古事記』をテーマにしようと考えた大きなきっかけになっています。

『古事記』は、大昔から口伝えに語られてきました。声という音によって人から人へ伝えられた『古事記』。いったいどれほどの年月と人々がかかわったのでしょうか。思いを馳せれば、いにしえの壮大なロマンを感じて、その世界が心から離れません。

そして、ヤマトタケルをはじめ、『古事記』に登場する神々や人物は、今に生きる私たちと同様に人間味にあふれ、思わず共感してしまうほど魅力的です。とりわけ、滅んでいく者たちの立場から描かれていることに親近感を覚えますし、収録されている多くの歌によって、この書は最古の歴史書を超えた、偉大な文芸書でもあるのです。

本編では大まかなあらすじを辿りながら、自分の感じたことも書いてみました。そして、私は音楽家ですので、『古事記』のそれぞれの場面から感じたインスピレーションを音楽にしたCDを付けました。この音楽と語りによって、はるか太古に語り継がれてきた『古事記』の世界を、より深く感じていただければ幸いです。

※フランス六人組：一九二〇年のパリにできたフランシス・プーランク、ダリウス・ミヨー、アルチュール・オネゲル、ジョルジュ・オーリック、ジェルメンヌ・タイユフェール、ルイ・デュレの六人の作曲家から成るグループです。

※なお、本文の『古事記』は原文を省略している部分があります。また、いくつかの口語訳を参考にしました。原文では敬語法が使われていますが、読みやすくするために普通の書き方にしました。

目次

第五章　天孫降臨

プロローグ
天地創造

はじめの神々

初めて天と地ができた時、高天原《たかまのはら》に現れたのは、天之御中主神（アメノミナカヌシノカミ）、高御産巣日神（タカミムスヒノカミ）、神産巣日神（カミムスヒノカミ）でした。この時、大地は形がなく海月《くらげ》が漂っているようでしたが、葦の芽のように天にもえ上がったものから、宇麻志阿斯訶備比古遅神（ウマシアシカビヒコヂノカミ）、天之常立神（アメノトコタチノカミ）が現れました。

この五柱は別格の神で、別天神《ことあまつかみ》といいます。これらの神はみな独り神で、姿を見せることはありませんでした。

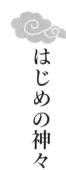

天之御中主神は宇宙の中心にいて統一をとる神で、高御産巣日神がすべての生成をつかさどる神、神産巣日神が神さまを生む神のようです。これら天神は、自由自在な万能の神のように思えます。

神様は柱を付けて数えます。

なるほど。家族を支える人を「一家の大黒柱」とよく言いますが、神様はこの世界の大黒柱のような存在でしょうか。

別格の神・五柱

㈠ 天之御中主神《アメノミナカヌシノカミ》

㈡ 高御産巣日神《タカミムスヒノカミ》

㈢ 神産巣日神《カミムスヒノカミ》

㈣ 宇麻志阿斯訶備比古遅神《ウマシアシカビヒコヂノカミ》

㈤ 天之常立神《アメノトコタチノカミ》

神世七代

続いて、独り神である国之常立神（クニノトコタチノカミ）、豊雲野神（トヨクモノノカミ）が現れ、それぞれが一代。そして、宇比地邇神（ウヒヂニノカミ）・須比智邇神（スヒヂニノカミ）、角杙神（ツノグヒノカミ）・活杙神（イクグヒノカミ）、意富斗能地神（オホトノヂノカミ）・大斗乃弁神（オホトノベノカミ）、淤母陀琉神（オモダルノカミ）・阿夜訶志古泥神（アヤカシコネノカミ）、伊邪那岐神（イザナキノカミ）・伊邪那美神（イザナミノカミ）が現れ、男神女神が対で一代。これで神世七代《かみよななよ》です。

神世七代

(一) 国之常立神《クニノトコタチノカミ》　独り神

(二) 豊雲野神《トヨクモノノカミ》　独り神

(三) 宇比地邇神《ウヒヂニノカミ》 男神 ＝ 須比智邇神《スヒヂニノカミ》 女神

(四) 角杙神《ツノグヒノカミ》 男神 ＝ 活杙神《イクグヒノカミ》 女神

(五) 意富斗能地神《オホトノヂノカミ》 男神 ＝ 大斗乃弁神《オホトノベノカミ》 女神

(六) 淤母陀琉神《オモダルノカミ》 男神 ＝ 阿夜訶志古泥神《アヤカシコネノカミ》 女神

(七) 伊邪那岐神《イザナキノカミ》 男神 ＝ 伊邪那美神《イザナミノカミ》 女神

第一章

伊邪那岐命と伊邪那美命

伊邪那岐命と伊邪那美命の国生み

さて、天神《あまつかみ》はイザナキノ命とイザナミノ命に、「この漂っている地を固めて国に作りあげよ」と命じて、天《あめ》の沼矛《ぬぼこ》を授けました。二柱は天と地に架けられた天の浮橋に立ち、海に矛を突き下ろして、「こおろこおろ」とかきまぜました。引き上げた矛の先から潮がしたたり落ちて、淤能碁呂島《おのごろしま》ができました。二柱はその島に降り立ち、天の柱を立て、御殿を築きました。

イザナキノ命はイザナミノ命に尋ねます。「お前の身体はどのように出来上がっているか？」

「私の身体はよく出来ているのですが、欠けているところがあります」とイザナミノ命が答えると、イザナキノ命は「私の身体もよく出来ているが、一つ余っているところがある」

と言いました。そこで、お互いの足りないところと余っているところを繋げて、国を生むことにします。

そしてイザナキノ命が左から、イザナミノ命が右から天の柱を回って出会ったところで、イザナミノ命は「あなにやしえおとこを」、続いてイザナキノ命が「あなにやしえおとめを」、とお互いに声をかけます。

それから、寝所に入って共に寝ましたが、生まれた子は不完全でした。どうしたものかと高天原《たかまのはら》に上って天神に相談すると、天神は太占《ふとまに》（牡鹿の骨を焼いて、その形で吉凶を判断する）で占って「女が先に声をかけたのがよくない」とのことでした。

そこで、地上に戻って天の柱を回って、今度はイザナキノ命から声をかけ、前と同じようにして八つの島を生みました。こうしてこの国は、大八島《おおやしま》の国と呼ばれるようになりました。

その後、さらに六つの島を生みました。

『古事記』には露わな表現が多くあります。このイザナキとイザナミの場面は、ドキッとするくらい率直でおおらかです。

「こおろこおろ」という擬態語は、なんて心地よい響きでしょう。ゆったりとした、無邪気な二人の仕草が目に見えるようです。

「あなにやしえおとこを」は「なんていい男でしょう」、「あなにやしえおとめを」は「なんてすてきな女なんだろう」という意味です。この言葉も、まろやかで優雅な言い回しです。

女性から声をかけるのはよくないそうですが、現代では肉食女子に草食男子があふれ、女性から行動を起こさないと進展はなさそうです。

万能であるはずの天神が占い？　と意外に感じました。私たちは、占いというと何か安易な感じを受けますが、神世の時代では正当な方法なのですね。

天の沼矛で「こおろこおろ」と海をかきまぜている

大八島の国・六つの島

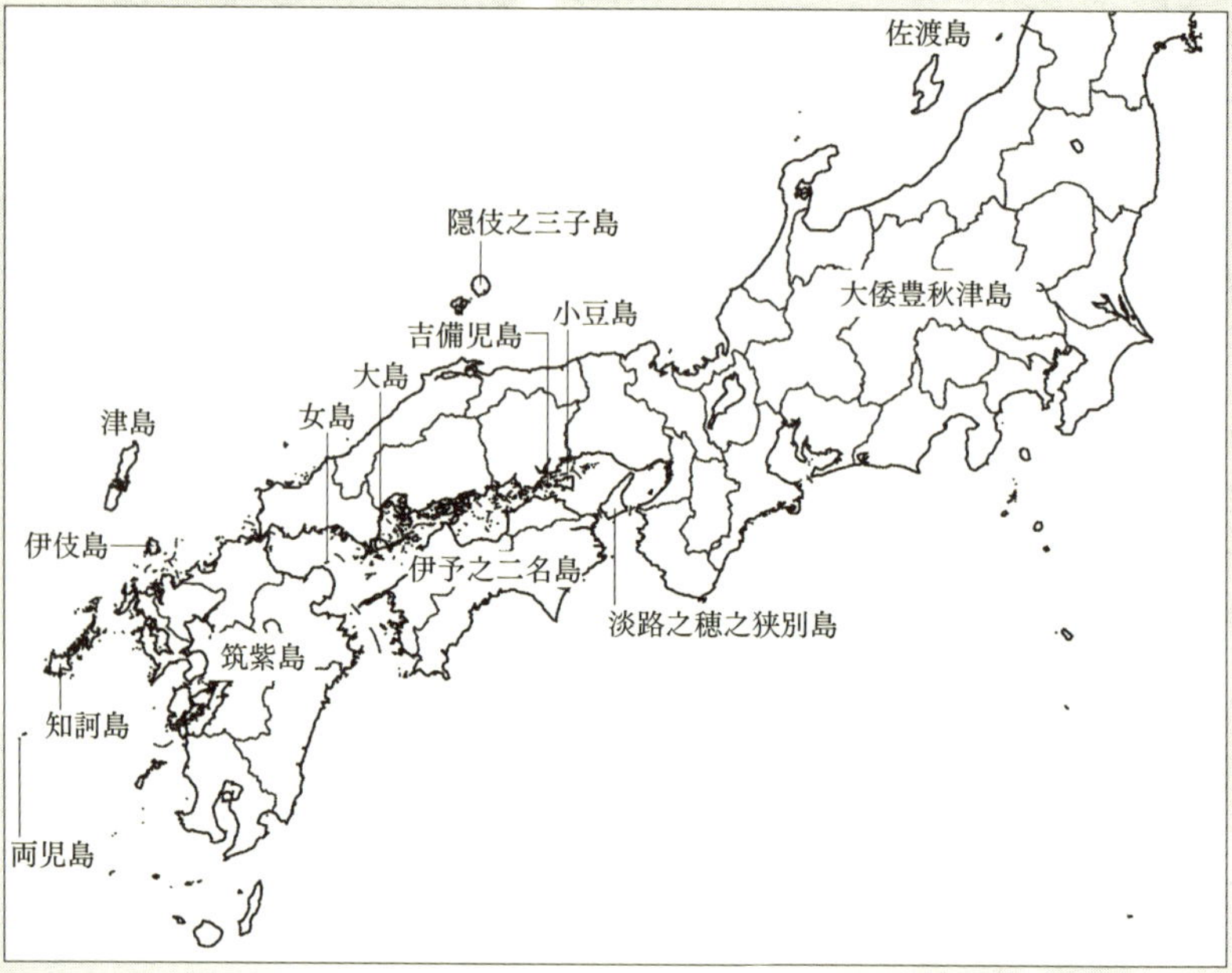

大八島の国

淡路之穂之狭別《あわじのほのさわけ》島（淡路島）

伊予之二名《いよのふたな》島（四国）……

- 伊豫国・愛比売
- 讃岐国・飯依比古
- 粟国・大宜都比売
- 土左国・建依別

隠伎之三子《おぎのみつご》島（隠岐島）・天之忍許呂別

筑紫《つくし》島（九州）……………

- 筑紫国・白日別
- 豊国・豊日別
- 肥国・建日向日豊久士比泥別
- 熊曾国・建日別

伊伎《いき》島（壱岐島）・天比登都柱

津《つ》島（対馬）・天之狭手依比売

佐度《さど》島（佐渡島）

大倭豊秋津《おほやまととよあきづ》島（本州）・天御虚空豊秋津根別

六つの島

吉備児《きびのこ》島・建日方別

小豆《あずき》島・大野手比売

大《おお》島・大多麻流別

女《ひめ》島・天一根

知訶《ちかの》島・天之忍男

両児《ふたごの》島・天両屋

※六島については諸説あり、比定される島は確定していません。

伊邪那岐命と伊邪那美命の神生み

次に、二柱はこの国に住む神々を生みました。

その途中、イザナミノ命は、火の神の火之迦具土神（ヒノカグツチノカミ）を生んだ時、ホト（陰部）に大火傷を負い寝込んでしまいます。

それでも神を生み続け、最後に豊宇気毘売神（トヨウケビメノカミ）を生んだ後、亡くなってしまいました。

生まれた神の数は三十五柱になります。

神生み

伊邪那岐命
伊邪那美命

十七神

大事忍男神《オホコトオシヲノカミ》
石土毘古神《イハツチビコノカミ》
石巣比売神《イハスヒメノカミ》
大戸日別神《オホトヒワケノカミ》
天之吹男神《アメノフキヲノカミ》
大屋毘古神《オホヤビコノカミ》
風木津別之忍男神《カザケツワケノオシヲノカミ》
海の神　大綿津見神《オホワタツミノカミ》
水門の神　速秋津日子神《ハヤアキヅヒコノカミ》
妹　速秋津比売神《ハヤアキヅヒメノカミ》
風の神　志那都比古神《シナツヒコノカミ》

八神（河海を持ち別けて生みし神）

沫那芸神《アハナギノカミ》
沫那美神《アハナミノカミ》
頬那芸神《ツラナギノカミ》
頬那美神《ツラナミノカミ》
天之水分神《アメノミクマリノカミ》
国之水分神《クニノミクマリノカミ》
天之久比奢母智神《アメノクヒザモチノカミ》
国之久比奢母智神《クニノクヒザモチノカミ》

八神（山野を持ち別けて生みし神）

天之狭土神《アメノサヅチノカミ》
国之狭土神《クニノサヅチノカミ》
天之狭霧神《アメノサギリノカミ》
国之狭霧神《クニノサギリノカミ》
天之闇戸神《アメノクラドノカミ》
国之闇戸神《クニノクラドノカミ》
大戸惑子神《オホトマトヒコノカミ》
大戸惑女神《オホトマトヒメノカミ》

木の神　久久能智神《ククノチノカミ》

山の神　大山津見神《オホヤマツミノカミ》

野の神　鹿屋野比売神《カヤノヒメノカミ》（別名・野椎神《ノヅチノカミ》）

鳥之石楠船神《トリノイハクスブネノカミ》（別名・天鳥船《アメノトリフネ》）

大宜都比売神《オホゲツヒメノカミ》

火の神　火之野芸速男神《ヒノヤギハヤヲノカミ》
（別名・火之炫毘古神《ヒノカガビコノカミ》／火之迦具土神《ヒノカグツチノカミ》）

吐瀉物から生まれた神
金山毘古神《カナヤマビコノカミ》
金山毘売神《カナヤマビメノカミ》

大便から生まれた神
波邇夜須毘古神《ハニヤスビコノカミ》
波邇夜須毘売神《ハニヤスビメノカミ》

尿から生まれた神
彌都波能売神《ミツハノメノカミ》
和久産巣日神《ワクムスヒノカミ》——豊宇気毘売神《トヨウケビメノカミ》

この神生みでは、イザナミノ命が嘔吐したもの、大便や尿から神が生まれます。私は五年ほど母の介護をしていました。『古事記』を初めて読んだ時はびっくりしたのですが、排泄物から神が生まれたことを知ってからは、排泄物に対する考えが少し変わりました。汚い物ではなく大切なものとして母の世話をする時、それほど苦痛を感じなくてすんだのです。昔からお百姓さんは、排泄物を肥料に作物を育てました。神の恵みとなっているのです。

黄泉国

残されたイザナキノ命は大変悲しみ、ついにイザナミノ命を追って黄泉国《よもつくに》に出かけていきました。イザナキノ命が扉に立って、「いとしい我が妻よ、お前と私の国はまだ完成していない。一緒に帰ろう」と呼びかけると、イザナミノ命は次のように答えました。

「もう少し早くいらして下さればよろしかったのに。私は黄泉国の食べ物を口にして穢《けが》れてしまいました。でも、せっかくあなた様がいらして下さったのですから、黄泉国の神に相談してきます。その間、決して私を見ないで下さい」

しかし、いくら待っても戻ってこないので、待ちかねたイザナキノ命が中に入ってみると、なんとイザナミノ命は体中に蛆《うじ》が湧いた変わり果てた姿になっていたのです。そのうえ、頭から大雷（オオイカヅチ）、胸から火雷（ホノイカヅチ）、腹から黒雷（クロイカヅチ）、ホトから拆雷（サクイカヅチ）、左手から若雷（ワキイカヅチ）、右手から土雷（ツチイカヅチ）、左足から鳴雷（ナルイカヅチ）、右足から伏雷（フシイカヅチ）が鳴り出ていました。恐ろしくなったイザナキノ命は逃げ出します。

イザナミノ命は、「私の恥ずかしい姿をご覧になりましたね！」と叫び、醜い女神や黄泉の軍勢に後を追わせました。逃げる途中、桃の木があったので、イザナキノ命が桃の実を投げると、軍勢はすべて退散してしまいました。イザナキノ命は桃に向かって、「私を助けてくれたように、葦原中国《あしはらのなかつくに》の民が苦しむ時は助けてやってくれ」と告げました。

最後にイザナミノ命自身が追ってきて、黄泉比良坂《よもつひらさか》で二人は向かい会いました。イザナキノ命が絶縁を言い渡すと、イザナミノ命は「いとしい我が夫よ、そのようにひどいことをなさるのなら、あなたの国の人々を一日千人殺しましょう」と言いました。これに対してイザナキノ命は、「それならば私は一日千五百の産屋を立てよう」と答えました。

ですから、この世では一日千人亡くなり、千五百人生まれるのです。

「私を見ないで下さい」のくだり。民話の『鶴の恩返し』を思い出しますが、『古事記』にもこれから「見てしまう」お話がいくつか出てきますし、世界中でこれに似たお話があります。

なぜ人は「見てしまう」のでしょう。心理学的にも学説はあるようですが、ダメと言われるとやってみたくなるのが人間ではないでしょうか。

それにしてもイザナミは、すさまじくグロテスクですし、イザナキが追われる様子は、思わずゾンビが追ってくる映画を想像してしまいました。

でも私のイザナミのイメージは、可愛らしくがんばり屋の女神で、このように変わり果てた姿でいることを描いた「黄泉国」は、少し悲しい思いで読みました。

幼い頃、病気になると母が、元気になるからと桃を食べさせてくれたのを思い出します。

禊ぎ祓い

イザナキノ命は国に帰り、筑紫《つくし》の日向《ひむか》の橘《たちばな》の小門《おど》の阿波岐原《あわぎはら》で禊《みそ》ぎ祓《はら》いをしました。そして、身に着けていた物や体から、次々と神が生まれました。

最後に、左の目を洗った時に生まれたのが天照大御神（アマテラスオホミカミ）、右の目を洗った時に生まれたのが月読命（ツクヨミノミコト）、鼻を洗った時に生まれたのが建速須佐之男命（タケハヤスサノヲノミコト）です。

ここにおいてイザナキノ命は、「私はたくさんの子を生んできたが、最後に三人の尊い子を得た」と心から喜びました。

そして、玉飾りをアマテラス大御神に手渡し、「お前は高天原を治めよ」、このように命じました。次にツクヨミノ命に「夜の国を治めよ」、それからスサノヲノ命には「お前は海原を治めよ」と命じました。

水には「清める」という作用があります。神社にお参りする時も、まず手水舎で手と口を清めます。

伊勢神宮の天照大御神をお祀りしている内宮では、御手洗場として、内宮の西端を流れている五十鈴川で手や口を清めることができます。五十鈴川で洗うと、心まで清められたようで感動します。

五十鈴川

禊ぎ祓いから生まれた神々

衣を脱ぐと生まれた神	杖	衝立船戸神《ツキタツフナドノカミ》
	帯	道之長乳歯神《ミチノナガチハノカミ》
	嚢	時置師神《トキオカシノカミ》
	衣	和豆良比能宇斯能神《ワヅラヒノウシノカミ》
	袴	道俣神《チマタノカミ》
	冠	飽咋之宇斯能神《アキグヒノウシノカミ》
	左手の玉飾り	奥疎神《オキザカルノカミ》
	左手の玉飾り	奥津那芸佐毘古神《オキツナギサビコノカミ》
	左手の玉飾り	奥津甲斐弁羅神《オキツカヒベラノカミ》
	右手の玉飾り	辺疎神《ヘザカルノカミ》
	右手の玉飾り	辺津那芸佐毘古神《ヘツナギサビコノカミ》
	右手の玉飾り	辺津甲斐弁羅神《ヘツカヒベラノカミ》

禊ぎの行為で生まれた神	体を濯ぐ	八十禍津日神《ヤソマガツヒノカミ》
	体を濯ぐ	大禍津日神《オホマガツヒノカミ》
	災いを直す	神直毘神《カムナホビノカミ》
	災いを直す	大直毘神《オホナホビノカミ》
	災いを直す	伊豆能売神《イヅノメノカミ》
	水底で濯ぐ	底津綿津見神《ソコツワタツミノカミ》
	水底で濯ぐ	底筒之男命《ソコツツノヲノミコト》
	中程で濯ぐ	中津綿津見神《ナカツワタツミノカミ》
	中程で濯ぐ	中筒之男命《ナカツツノヲノミコト》
	水上で濯ぐ	上津綿津見神《ウハツワタツミノカミ》
	水上で濯ぐ	上筒之男命《ウハツツノヲノミコト》

体から生まれた神	左目を洗う	天照大御神《アマテラスオホミカミ》
	右目を洗う	月読命《ツクヨミノミコト》
	鼻を洗う	建速須佐之男命《タケハヤスサノヲノミコト》

第二章　天照大御神と須佐之男命

宇気比

イザナキノ命から海原を治めるようにと言われたにもかかわらず、スサノヲノ命は国を治めず、髭を長くして、大声で泣きわめくばかりでした。あまりの激しさに、青々とした山々は枯れ木の山と化し、川や海の水は涸れ、あらゆる禍《わざわい》が起こりました。

そこで、イザナキノ命は、「なぜ泣いてばかりいて国を治めないのだ?」と尋ねました。するとスサノヲノ命は、「私は母がいる根之堅洲国《ねのかたすくに》に行きたくて泣いているのです」と答えました。

これにイザナキノ命はたいそう怒って、「そういうことなら、お前はこの国に住むことはならぬ」とスサノヲノ命を追放しました。

追放されたスサノヲノ命は「それでは姉君アマテラス大御神に挨拶してから、母の国に行きましょう」と言って、大地を揺り動かしながら高天原《たかまのはら》に上っていきました。一方、アマテラス大御神は「弟が高天原に出かけてくるのは、何か下心があるにちがいない。国を奪うつもりかもしれない」といぶかり、男の身なりをして戦うための身支度を固め、しっかり大地を踏みしめて待ち受けました。

そして、「お前はなんのために上ってきたのか?」と尋ねたところ、「私に邪心はありません。父上イザナキノ命が、母の国に行きたくて泣いている私を追放したので、お別れの挨拶にきたのです」とスサノヲノ命は答えました。すると、アマテラス大御神が「お前の心が清らかかどうか、どうしたら知ることができるのか?」と問いかけたので、「それでは宇気比《うけい》をして子を生みましょう」と弟は提案しました。

そこで、天安河《あめのやすのかわ》を挟んで、宇気比の儀式が執り行われました。まず、アマテラス大御神がスサノヲノ命の十拳剣《とつかのつるぎ》から、三人の姫を生みました。続いて、スサノヲノ命がアマテラス大御神の玉飾りから、五人の男の子を生みました。

ここで、アマテラス大御神は次のように言いました。

「五人の男の子は、私の持ち物から生まれたから私の子だ。三人の女の子は、お前の持ち物から生まれたからお前の子だ」

すると、スサノヲノ命は「私の心が清らかだから、心の優しい女の子が生まれたのだ。私の勝ちだ」と勝ち誇ったように言い放ち、アマテラス大御神の田を荒らし、神殿に糞を撒きちらし、暴れまくりました。

最初は、アマテラス大御神も大目に見て弟をかばっていましたが、スサノヲノ命の横暴はますますひどくなったので、ついにアマテラス大御神は天岩屋《あめのいわや》に身を隠してしまいました。

宇気比（誓約）とは、古代日本で行われた占いのことです。あらかじめ「そのようになれば、こうなる。そのようにならなければ、こうなる」と決めておいて、どちらになるかで勝敗を判断することです。

ところが、この場合は何も決めずに行われたのですから、スサノヲノ命の勝利宣言はかなり強引といえます。それにもかかわらず、なぜかアマテラス大御神も物申さず。その結果、スサノヲノ命はますます横暴になっていきます。

ここに根之堅洲国が出てきますが、黄泉国とは違うのでしょうか。死後の世界がいくつかあるようです。

スサノヲノ命の破壊するパワーはすさまじく、アマテラス大御神を引き籠りにさせるほどです。しかし以前、出雲に旅をした時、スサノヲノ命の終焉の地とされる須佐神社をお参りしたことがあり、大きな神社ではありませんが、須佐の山々に囲まれた緑にあふれる静かな境内にいると、不思議に癒されたことをよく覚えています。スサノヲノ命が魂を鎮めた地であることが感じられる神社でした。

ところで、三御子の一人、ツクヨミノ命が全く出てこないのはどうしてなのでしょうか。月の神として夜を治めているから表に出ないのでしょうか。アマテラスとスサノヲの間にいて、バランスをとる神とされているというお話を聞いたことがあります。

天岩屋戸

アマテラス大御神が岩屋に隠れると、葦原中国《あしはらのなかつくに》は真っ暗闇となり、悪い神々が五月の蝿《はえ》が湧き立つように満ち、あらゆる禍が起こりました。

そこで、八百万《やおよろず》の神々が天安河に集まり、会議を開きます。そして、一番の知恵者である思金神（オモヒカネノカミ）が一計を案じました。長鳴鳥《ながなきどり》を集めて一斉に鳴かせて、伊斯許理度売命（イシコリドメノミコト）に鏡を作らせました。また、玉祖命（タマノオヤノミコト）に勾玉《まがたま》を連ねた玉飾りを作らせました。それから、天児屋命（アメノコヤネノミコト）と布刀玉命（フトタマノミコト）に占いを頼みました。

その結果、天香具山《あめのかぐやま》に生える榊《さかき》を飾り付け、神具を作ることになり、それをフトタマノ命が捧げ持って、アメノコヤネノ命が祝詞《のりと》を唱えました。そして、天手力男神（アメノタヂカラヲノカミ）が岩屋戸の脇に隠れて待ちました。

こうして準備が整ったところで、天宇受売命（アメノウズメノミコト）が日蔭葛《ひかげかずら》をたすきに掛け、正木葛《まさきかずら》を頭に巻き、笹を手にして、樽の上に乗ってどんどんと踏み鳴らし、さらに神がかりになり乳房を露わにして、着物の紐を下腹まで下げて踊りました。この踊りに集まった神々は大笑いして、高天原はどよめきました。

これをアマテラス大御神は不審に思って「私が隠れているから高天原も葦原中国も真っ暗だろうに、どうしてアメノウズメノ命は踊り、みな笑っているのか？」、このように訊くと、すかさずアメノウズメノ命は「あなた様より尊い神がいらっしゃいます。それでみんな喜んでいるのです」と答えました。それと同時に、アメノコヤネノ命とフトタマノ命が、鏡をアマテラス大御神に見せました。

そこには自分の姿が映っていたのですが、アマテラス大御神はいよいよ不思議なことと思って、少しだけ戸から出てきたところを、アメノタヂカラヲノ神が手を取って引き出しました。

そして、フトタマノ命が後ろに注連縄《しめなわ》を張って、「これより内側には二度とお戻りにならないで下さい」と頼みました。こうして、高天原と葦原中国に再び光が戻りました。

二度ほど天岩戸神社（宮崎県高千穂）に行ったことがあります。御神体の天岩戸の洞窟は、西本宮の神主さんにお祓いをして頂き、案内されて谷を挟んで向こう側の山の中腹にある天岩屋戸を、遠くから参拝することができます。その洞窟は崩落してしまっていて、また木々などに隠れてはっきりとは見ることができませんでした。しかし、その場に立って見渡すと、その山全体が聖域であることを感じます。

そして天安河へは、神社から歩いて行くことができます。階段を下りて、川沿いを歩いていくに従って、だんだん空気が変わり、別の世界へ入っていくようでした。天安河は、まるで神々の声が聴こえてくるような不思議な空間です。

ところで、オモヒカネノ神は、「祭り」というすばらしいアイディアを思いつきました。「祭り」は、神仏やご先祖様に対しての祈り、感謝の気持ちを表す儀式ですが、漢字で書いても「祀り」「奉り」「政り」などさまざまです。政治のことを「政ごと」と言いますね。掘り下げていけば、何冊も本が書けるほど意味深い言葉です。

さて、私たちの身近にあるのが夏祭り。地域ごとに受け継がれる郷土色豊かな夏祭りにつきものなのが、盆踊りです。迫力ある阿波踊りや郡上おどりなど、アマテラス大御神が思わず岩屋の戸を開けてしまったアメノウズメノ命の踊りが想像されます。

須佐之男命の追放

このようにすべてが元に収まりましたが、この事件の発端となったスサノヲノ命を処罰するため、神々は会議を開きました。そして、罪を清めるための品物を差し出させ、髭を切り爪を抜いて、高天原から追放しました。

地上に逃れたスサノヲノ命は、大気津比売神（オホゲツヒメノカミ）に食物を所望しました。オホゲツ姫は鼻、口、尻から食べ物を取り出し、御馳走を作り差し出しましたが、その様子をこっそり見ていたスサノヲノ命は、自分に穢いものを食べさせようとしたと考え、オホゲツ姫を殺してしまいました。

すると、オホゲツ姫の身体から蚕、稲、粟、小豆、麦、大豆が生まれ、それをカミムスヒノ神が集めて、人々が食べる種としました。

このようにして、人々に種子が与えられました。日本人の根底にある米作りが始まります。その年に育てた収穫物は、新嘗祭《にいなめさい》で神と共に食し感謝し祝い、祭りが行われます。この新嘗祭は、現在では十一月二十三日に勤労感謝の日として祝日になっています。以前、新潟でコンサートをした時、主催者の方から魚沼産コシヒカリをお土産にいただくという幸運に恵まれたことがあります。夕食にさっそく食べることに。炊き上がりから、そのつやが違います。一口食べてみれば、もちっとした食感に甘みのあるおいしさ。ごはん党の我が家は、大満足でした。美味しいお米を食べた時、豊かな食が育つ地に生まれて良かったと、つくづく実感するのです。

第三章　八俣の大蛇退治

八俣の大蛇

出雲の国を彷徨《さまよ》っていたスサノヲノ命は、斐伊《ひい》川の上流にある鳥髪《とりかみ》という土地に来ました。川に箸が流れてくるのが見えたので、必ずや上流に住む人がいるだろうと考え、川を上っていきました。

すると、年老いた男女が若い娘を中に置いて、泣いていました。

「お前たちは何者か？」とスサノヲノ命が尋ねると、「私は国神《くにつかみ》、大山津見神（オホヤマツミノカミ）の子で、名は足名椎（アシナヅチ）、妻の名は手名椎（テナヅチ）、娘の名は櫛名田比売（クシナダヒメ）と申します」と男が答えました。

「それでは、なぜそのように泣いているのか？」とさらに尋ねると、「私どもにはもともと八人の娘がおりました。ところが、ここ高志《こし》には八俣《やまた》の大蛇《おろち》という怪物がおりまして、毎年、娘を一人ずつ餌食といたします。今年もその時期になりますので、こうして泣いております」と言うのです。

「その八俣の大蛇という奴は、どのような形をしているのか？」と問い続けると、「この大蛇の目は真っ赤な酸漿《ほおずき》のようで、一つの体に頭が八つ、尾が八つもございまして、胴体には苔、檜や杉なども生えています。長さは八つの谷、八つの山ほど長く、腹は血膿《ちうみ》のように爛《ただ》れています」と答えました。

スサノヲノ命が「私はアマテラス大御神の弟で、今、天上の国から降りてきたところだ。どうだろう、娘を私にくれないだろうか？」ともちかけると、「それはなんとも畏れ多いことでございます。もちろん娘を差し上げましょう」とアシナヅチは言いました。

スサノヲノ命は、まず娘を爪櫛《つまぐし》に変えて、自分の角髪《みずら》にさしました。それから、アシナヅチとテナヅチに、「八塩折《やしおおり》に絞った強い酒を用意し、垣根を張り巡らし、八つの門を作り、八つの桟敷《さじき》を構え、八つの酒槽《さかぶね》を置き、その酒槽ごとに強い酒を満たし、待つが良い」と命じました。

そして、二人が命令されたとおりに用意して怪物を待っていると、聞いていたとおりの大蛇が現れ出ました。しかし、芳醇な酒の香りに誘われて、八つの頭を酒槽に入れて飲み干すと、さすがの大蛇も酔いが回って寝込んでしまいました。

この機を待っていたスサノヲノ命は、腰に帯びた剣を引き抜くと、八つの頭、胴体を次々と切り離しました。尾を切りつけた時に剣の刃がこぼれ落ちたので「何であろう？」と切り裂いてみると、太刀《たち》が隠れていました。

これは大事な太刀だとスサノヲノ命は考え、アマテラス大御神に献上しました。これが、天叢雲剣《あめのむらくものつるぎ》（草那芸《くさなぎ》の太刀）です。


有名な八俣の大蛇ですが、以前この八俣の大蛇の神楽を見たことがあります。地元の人々による神楽でしたが、その衣装の鮮やかさと作られた大蛇の舞の見事さ、その迫力に感動しました。大蛇伝説が地元の人々によって守られ、大事に伝えられていることがわかります。神楽というのは神に奉納する歌と舞のことですが、起源は天岩屋でのアメノウズメノ命の踊りだといわれています。

八俣の大蛇

八雲立つ

八俣の大蛇を退治してクシナダ姫を得たスサノヲノ命は、新しい宮殿を建てるべき土地を出雲の国の中に探しました。

須賀《すが》に着いた時、「この土地に来て、私の心はすがすがしい」とつぶやき、そこに宮殿を建てて住むことにしました。それゆえ、この地を須賀といいます。この宮殿を造ろうとした時、白い雲が幾重にも立ち上る様が眺められました。その時に詠んだ歌がこれです。

八雲立つ　出雲八重垣《やへがき》　妻ごみに　八重垣作る　その八重垣を

（雲が八重に立ち上る出雲の国に　宮殿を取り囲む八重垣よ　そこに妻を住まわせる　そのすばらしい八重垣よ）

スサノヲノ命はアシナヅチを召して、宮殿の首長《おさ》になるように命じ、稲田宮主須賀之八耳神（イナダノミヤヌシスガノヤツミミノカミ）という名を与えました。

この後、かねての望みどおり根堅洲国《ねのかたすくに》へと赴きました。

スサノヲノ命の六世孫が、大国主神（オホクニヌシノカミ）です。オホクニヌシノ神は、大穴牟遅神（オホナムヂノカミ）、葦原色許男神（アシハラシコヲノカミ）、八千矛神（ヤチホコノカミ）、宇都志国玉神（ウツシクニタマノカミ）ともいい、合わせて五つの名前を持ちました。

「八雲立つ」の歌は、日本で最初の和歌といわれていますが、あの暴れん坊のスサノヲノ命が、クシナダ姫を得て出雲という安住の地を見出したせいでしょうか、雄大で落ち着いた幸福感に満ちた歌に感じられます。

須賀の地名が「すがすがしい」から付けられたと記されていますが、『古事記』にはいくつか「ダジャレ？」と思われる名の付け方が出てきます。洒落ています。

建速須佐之男命の系譜

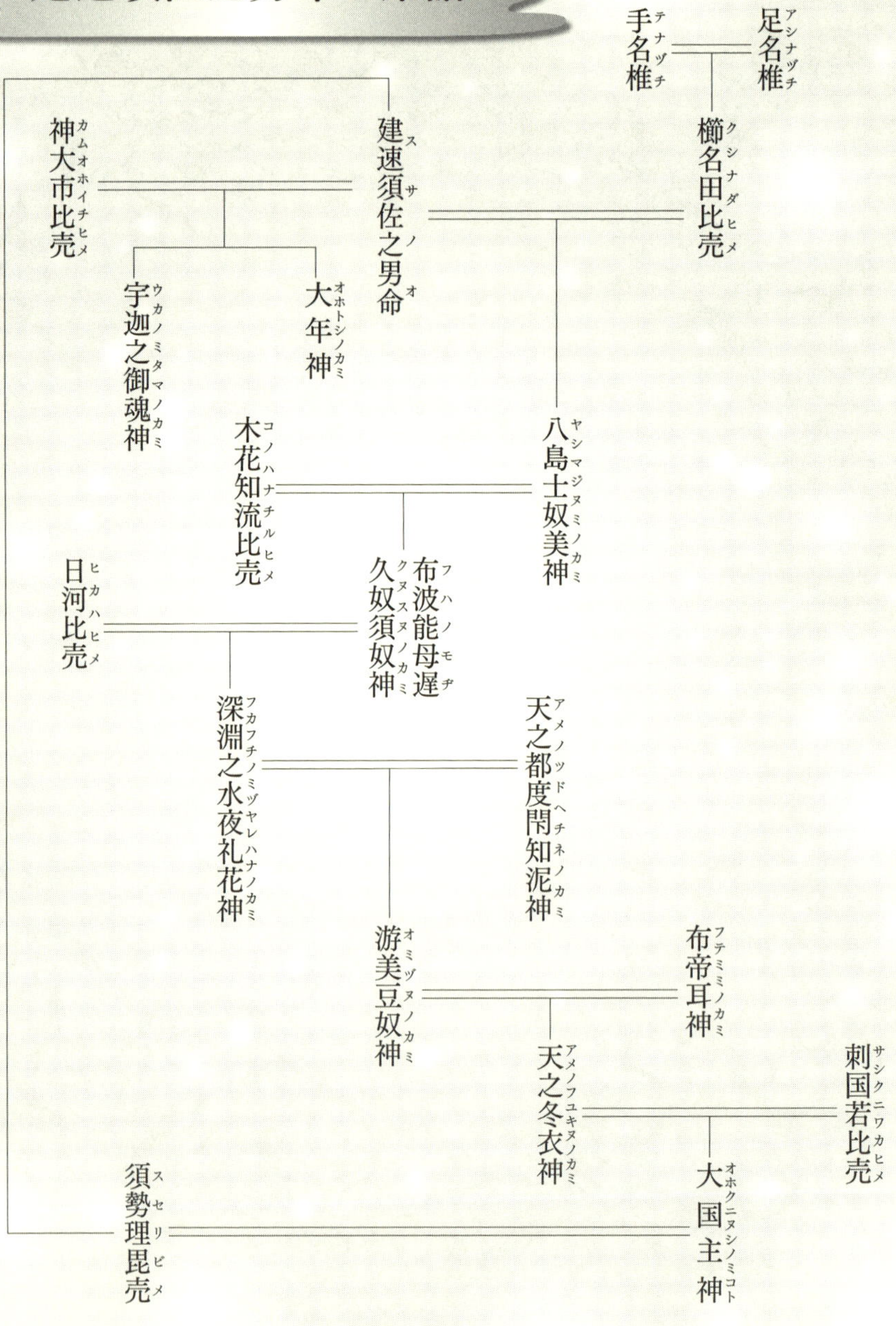
足名椎《アシナヅチ》
手名椎《テナヅチ》
櫛名田比売《クシナダヒメ》
建速須佐之男《スサノオ》命
神大市比売《カムオホイチヒメ》
大年神《オホトシノカミ》
宇迦之御魂神《ウカノミタマノカミ》
八島士奴美神《ヤシマジヌミノカミ》
木花知流比売《コノハナチルヒメ》
布波能母遅《フハノモヂ》久奴須奴神《クヌスヌノカミ》
日河比売《ヒカハヒメ》
深淵之水夜礼花神《フカフチノミヅヤレハナノカミ》
天之都度閇知泥神《アメノツドヘチネノカミ》
游美豆奴神《オミヅヌノカミ》
布帝耳神《フテミミノカミ》
天之冬衣神《アメノフユキヌノカミ》
刺国若比売《サシクニワカヒメ》
大国主神《オホクニヌシノミコト》
須勢理毘売《スセリビメ》

第四章　国譲り

稲羽の白兎

オホクニヌシノ神には、母の違う兄弟である八十神《やそがみ》という神々がありました。兄弟たちはみな、稲羽の八上比売（ヤカミヒメ）を妻にしたいと思っていました。そこで、連れ立って稲羽へ出かけましたが、オホナムヂノ神（オホクニヌシノ神）には大きな荷物を背負わせ、下男のように扱って連れていきました。

こうして、一行が気多《けた》の岬までやってきた時、皮を剥がれた赤裸の兎が寝ているのに出会いました。兄弟の神々は、「お前が元の体に戻ろうと思うなら、海水を浴びて風で乾かして、高い山の頂で寝ていればいいだろうよ」と教えました。ところが、そのとおりにすると皮膚は風に吹かれて引き裂かれ、その痛み苦しさに兎は泣いて転がるほどでした。

そこへ、オホナムヂノ神が通りかかって尋ねました。「どうしてそんなに泣いているのだ？訳を話してごらん」

そこで、兎は次のように答えました。「私は向こうの淤岐島《おきのしま》に住んでいる兎です。なんとかこの地に渡ってきたいと考え、海にいるサメ（和邇《ワニ》）を騙してやろうと思いまして、『お前たちサメ族と私どもの兎族と、どちらの数が多いか、ひとつ比べてみようじゃないか。お前はサメを全部連れてきて、気多の岬まで並ばせるがいい。そうしたら、私が背中を踏んで数えてやろう』。こう言ってやりますと、サメの奴、ころっと騙されまして、言われたとおり一列に並びました。私は数えながら渡ってきて、もう地面に着くというところで『ほれ、騙してやったぞ！』とつい口走ってしまい、一番端にいたサメに、体中の毛皮をすっかり剥ぎ取られてしまいました。泣き悲しんでいるところに兄弟の神様方が通りかかり、海水を浴び風に吹かれれば治ると教えられたのですが、言われたとおりにすると、このように傷だらけになってしまったのです」

それを聞いたオホナムヂノ神は、「さあ早く水門《みなと》へ行って体を真水で洗いなさい。それから、蒲《がま》の花の花粉を地面に敷いて、その上を転がりなさい。そうすれば傷も治り、元のように戻るはずだから」と教えてやりました。

教えられたとおりにすると、きれいに元どおりの身体になりました。兎は喜んで『ご兄弟の神々は、決してヤカミ姫を妻にはできないでしょう。賤《いや》しい恰好をされていますが、姫をお貰いになるのはあなた様でございます」、このように予言しました。これが稲羽の白兎です。

有名な稲羽の白兎ですが、これを読むと、ウサギとカメの物語を思い出します。ずっと黙っていればうまくいったものを、思わず口にしてしまう。休まずに走ってしまえば、カメに負けることはないのに。ウサギは、お調子者で、どこか憎めないキャラクターに描かれることが多いようです。

さて、まだ頼りないオホクニヌシノ神ですが、ここではオホクニヌシの心やさしい性格が描かれています。

この優しさが、きっと多くの人の助けを受けることのできる要因なのでしょう。

最近は海水浴場の近辺にサメが発見されて話題になりましたが、ここに登場するサメは、実は原文では和邇（ワニ）となっています。しかし、日本沿岸にワニはいませんので、サメではないかと憶測されています。

大国主神の受難

兄弟の神々は稲羽に着くと、ヤカミ姫に結婚の申し込みをしましたが、「あなたたちの言うことをきくのは嫌です。私はオホナムヂノ神のところに嫁にいくつもりです」とヤカミ姫は答えました。

これを聞いて兄弟の神々は怒り、オホナムヂノ神を殺そうと相談しました。伯伎国《ほうきのくに》の手間山《てまのやま》に来た時に、兄弟神たちはオホナムヂノ神に次のように言いました。

「この山には赤い猪がいる。我々が山の上から追い落とすから、お前は下でそいつを捕まえろ。捕まえそこなったら、お前をきっと殺してやるから」。こう命じて、猪に似た真っ赤に火で焼いた大きな石を突き落としたので、これを捕まえようとしたオホナムヂノ神は大火傷を負って亡くなってしまいました。

この知らせを聞いた母神、刺国若比売（サシクニワカヒメ）は嘆き悲しみ、高天原《たかまのはら》のカミムスヒノ神に、御子の命を助けてくれるようにお願いしました。

そこで、生成の神であるカミムスヒノ神は、赤貝であるキサガヒ姫と、蛤であるウムギ姫に命じて、下界に赴かせました。貝を集めて粉にし、水で溶いて母乳のようにしてオホナムヂノ神の体に塗ると、元どおりの元気な男に生き返りました。

これを見た兄弟神たちは、今度は山に誘い出しました。前もって大きな木を伐って割れ目を入れ、楔《くさび》を打っておき、オホナムヂノ神が入ったところで楔を引き抜き、挟み殺してしまいました。

母神はまたもや、御子を探して助け出し、再び生き返らせたのです。

そして母は、「お前は兄弟の神々にひどく憎まれているのだから、この国にいれば最後には本当に殺されてしまうでしょう」と言って、紀伊国《きのくに》の大屋毘古神（オホヤビコノカミ）のもとに逃しました。それでも神々は追いかけてきましたが、オホナムジノ神はうまく逃れました。

母の力は強し。二度も我が子を生き返らせました。

私自身、母親として20年以上の経験がありますので、サシクニワカ姫の気持ちと行動は、よく理解できます。「はじめの神々」に書いたように「大黒柱」が父親とすれば、母親の存在はよく太陽に形容されます。でも、多くの母親が最初から強く、母性に富んでいるわけではないのです。我が子の苦境においては、体を張って子を守り、時には遠くから見守るなど、子供を育てていく中で、母親自身も成長していくのです。

それにしても、執拗なオホクニヌシノ神へのいじめです。自分たちが下男のように扱ったオホクニヌシノ神を、ヤカミ姫が夫に選んだことが、よほど許せなかったのでしょう。

大国主神の冒険

オホナムヂノ神の度重なる危険を見て、オホヤビコノ神は助言しました。

「スサノヲノ命が根堅洲国《ねのかたすくに》にいらっしゃる。思い切って根の国に出かけてゆくがよい。そうすれば大神が、きっと名案を考えて下さるでしょう」

そこで、オホナムヂノ神は遠い根の国へと旅立ちました。

根の国に着いて、スサノヲノ命の宮殿を訪ねましたが、そこでスサノヲノ命の娘である須勢理毘売（スセリビメ）と出会い、顔を合わせるなり恋に落ち、夫婦の誓いを交わしました。スセリ姫がスサノヲノ命に、「美しい神がいらっしゃいました」と告げると、オホナムヂノ神を見るなりスサノヲノ命は、「こいつは葦原色許男（アシハラシコヲ）という神だ」と言いました。

そして、宮殿に呼び入れて、蛇の室《むろ》に泊めました。スセリ姫は「これは危ない」と思い、魔法のひれを手渡して、「蛇が噛みつこうとしたら、このひれを三度振って追い払って下さい」と教えました。言われたとおりにすると蛇はおとなしくなって、アシハラシコヲは次の日、平気な顔で室から出てきました。

次の晩は、ムカデと蜂の室に入れられましたが、やはり魔法のひれのおかげで、無事に室から出てくることができました。

ある日、スサノヲノ命は鏑矢《かぶらや》を一本、果てしない野原に射込んで、その矢を拾ってくるように命じました。そして、アシハラシコヲが野原に入ると、野原のまわりに火をつけました。アシハラシコヲは逃げ場を失い、万事休したと思っているところに、鼠が出てきて「内はほらほら、外はすぶすぶ。入口は狭くても中はだいじょうぶ」と教えてくれたので、それに従って洞穴に隠れている間に火は通り過ぎました。そこへ、先ほどの鼠が鏑矢を持ってきました。

一方、スセリ姫は、もはや夫は亡くなったと思い泣きながらそこへ来て、スサノヲノ命もきっと死んだと思って野原に来ると、驚いたことにアシハラシコヲは平然と矢をスサノヲノ命に渡したのです。

そこで、宮殿に連れて入り、今度はスサノヲノ命の頭の虱《しらみ》を取るように命じました。ところが、それは虱ではなくムカデでした。そこにスセリ姫が来て、椋《むく》の木の実と赤土《はに》を夫に渡したので、それを一緒に口に含んで吐き出すと、スサノヲノ命はムカデを吐き捨てているのだと勘違いして、かわいい奴だと思いながら、うとうと寝入ってしまいました。

その様子を見てアシハラシコヲは、スサノヲノ命の髪を垂木《たるき》にしっかりくくり付け、五百人力でやっと動くほどの大岩で入口を塞ぐと、スセリ姫を背負い、スサノヲノ命の大切な生太刀《いくたち》と生弓矢《いくゆみや》と天詔琴《あめののりごと》を持って逃げ出しました。

ところが、慌てたはずみに琴が木に触れて、大地が地震のように揺れ動き、スサノヲノ命はこの響きに飛び起きました。しかし、髪をくくられていたので、慌てて髪をほどいている間に、二人は遠くへと逃れていくことができたのです。

スサノヲノ命は後を追いましたが、黄泉比良坂《よもつひらさか》の上から逃げてゆく二人に、次のように叫びました。

「お前が手にしている太刀弓矢を持って、兄弟どもを山の坂に追い伏せよ。河の瀬に追い払え。お前はオホクニヌシノ神と名乗り、ウツシクニタマノ神と名乗って、出雲の国を治めるがよい。我が娘スセリ姫を正妻として、宇迦山《うかのやま》の麓に深く宮柱を埋め、高天原に届くほど屋根の高い立派な宮殿を構え、暮らすがよい。こいつめ！」

こうして、オホクニヌシノ神は言われたとおりにして兄弟の神々を退治し、国を治める仕事が始まりました。
ところで、オホクニヌシノ神にはすでにヤカミ姫という妻がいましたが、正妻スセリ姫の嫉妬を恐れて、ヤカミ姫は生まれた御子を木の俣に挟んで、稲羽に帰ってしまいました。そこで、この子の名を木俣神（キノマタノカミ）、別名を御井神（ミイノカミ）といいます。

オホクニヌシノ神は五つの名前を持ち、まるで出世魚のように、その成長に従って名を変えるのが興味深いです。オホクニヌシノ神は大変な体験をしますが、いつも女性や動物に助けられ、その窮地を脱するのです。さぞかし魅力的な男性だったのでしょう。スサノヲノ命は、オホクニヌシノ神にテストをするように試練を与えますが、最後は、その知恵によって旅立つオホクニヌシノ神を認めて、エールを送ります。

大国主神と沼河姫の歌

さて、ヤチホコノ神（オホクニヌシノ神）は、高志《こし》の国の沼河姫（ヌナカワヒメ）を妻にしたいと出かけて行きました。その時、ヌナカワ姫の家の戸の外で、次のような歌を詠みました。

八千矛《やちほこ》の　神の命《みこと》は　八島国《やしまくに》　妻枕《ま》きかねて　遠遠《とほどほ》し　高志の国に　賢《さか》し
女《め》を　有りと聞かして　麗《くは》し女を　有りと聞こして　さ婚《よば》ひに　在《あり》立たし
婚ひに　在通はせ　太刀が緒も　いまだ解かずて　襲《おすひ》をも　いまだ解かね
ば　嬢子《をとめ》の　寝《な》すや板戸を　押そぶらひ　我が立たせれば　引こづらひ

我が立たせれば　青山に　鵼《ぬえ》は鳴きぬ　さ野つ鳥　雉《きぎし》は響《とよ》む　庭つ鳥　鶏《かけ》
は鳴く　うれたくも　鳴くなる鳥が　この鳥も　打ち止《や》めこせね　いした
ふや　海人馳使《あまはせづかひ》　事の　語り言も　こをば　（神語一）

（ヤチホコの名前を持つ尊い神の命は、妻にふさわしい乙女を国中探したが得られなかった。遠い遠い高志の国に心のやさしい乙女がいると聞いて、美しい乙女がいると聞いて、妻にしようと出かけた。何度も通った。太刀の紐も解かないうちに、被り物も脱がないうちに、乙女が寝ている家の板戸の前に立っている。戸を押してみたり、引いてみたりして立っている。たたずんでいる間に、夜は更け、青山では鵼が鳴き、野原では雉が鳴き、庭の鶏まで鳴き始めた。いまいましく鳴く鳥どもだ。あの鳥どもを打ち落として泣き止ませてくれ、海人馳使いよ……ということでございました）

この歌を聞いたヌナカワ姫は、戸を開けず、中から次のような歌を詠みました。

八千矛の　神の命　萎《ぬ》え草の　女《め》にしあれば　我が心　浦渚《うらす》の鳥ぞ　今こ
そは　我鳥《わどり》にあらめ　後は　汝鳥《などり》にあらむを　命《いのち》は　な死せたまひそ　い
したふや　海人馳使　事の　語り言も　こをば　（神語二）

青山に　日が隠らば　ぬばたまの　夜は出でなむ　朝日の　笑み栄え来て　栲綱《たくづの》の　白き腕《ただむき》　沫雪《あわゆき》の　若やる胸を　素手抱《そだた》き　手抱《ただ》き抜《まな》がり
真玉手《またまで》　玉手《たまで》さし枕《ま》き　股長《ももなが》に　寝《い》は寝《な》さむを　あやに　な恋《こ》ひ聞《き》こし
八千矛の　神の命　事の　語り言も　こをば　（神語三）

（ヤチホコの尊い神、私はか弱い草のような女です。私の心は浦の渚に住む鳥です。今は私の心のままにいますが、やがてあなたの鳥になります。どうかお命を捨てないで、鳥を、殺さないで、海人馳使いよ……ということでございました。

青山に太陽が隠れ、夜がきます。朝日の光のように笑顔でお出になり、栲のように白い腕で、泡雪のようにやわらかい胸を、抱きしめて、手と手をお互いに取り合い枕にして、足を長くのばして共に寝ましょう。どうぞそんなに恋しく思わないで下さい……ということでございました）

その夜はついに逢うことはなく、あくる日の夜に逢ったのです。

『古事記』には全部で百十二首もの歌が収録されています。古典を読みつけていない私にとって、多くの歌はなかなか理解できませんでしたが、何度も読んでいるうちに、歌い手の気持ちが次第にわかるようになりました。声に出して読んでみると、より情感が伝わってきます。

それにしても、日本語とはなんと美しいのでしょうか。私たちは日本語をもっと大事に使わなければならないと思います。ヌナカワ姫の歌ですが、「栲綱の……」のくだりは、たいへん妖艶な表現です。恋にときめく二人の気持ちが伝わってきます。

大国主神と須勢理姫の歌

オホクニヌシノ神の正妻であるスセリ姫は、他の后に対して嫉妬心が強くて苦しみました。そのため、オホクニヌシノ神は困り果てて、しばらく妻から離れようと、大和へ旅立つことに決めました。

そして、いよいよ出発する時に、次のような歌を詠みました。

ぬばたまの　黒き御衣《みけし》を　ま具《つぶさ》に　取り装ひ　沖つ鳥　胸《むな》見る時　羽叩《はたた》ぎも　此《こ》は相応《ふさ》はず　辺《へ》つ波　背に脱き棄《う》て　鴗鳥《そにどり》の　青《あを》き御衣を　ま具に　取り装ひ　沖つ鳥　胸見る時　羽叩ぎも　此も相応はず　辺つ波　背に脱

き棄て　山県《やまがた》に　蒔きし　藍蓼《あたてつ》舂き　染木が　汁に　染衣《しみころも》を　ま具に　取り装ひ　沖つ鳥　胸見る時　羽叩ぎも　此し良ろし　いとこやの　妹《いも》の命《みこと》
群鳥《むらとり》の　我が群れ往《い》なば　引け鳥の　我が引け往なば　泣かじとは　汝は云ふとも　山処《やまと》の　一本薄《ひともとすすき》　項傾《うなかぶ》し　汝が泣かさまく　朝雨の　霧に立たむぞ　若草の　妻の命　事の　語り言も　こをば　（神語四）

（今旅立ちにあたって、黒い着物を身に着けて、水鳥が胸毛をつくろうように、首を曲げて袖を振り自分を見ると、この着物は似合わない。引いていく波のように、後ろに脱ぎ棄てよう。カワセミのように青い着物を身に着けて、水鳥が胸毛をつくろうように、首を曲げて袖を振り自分を見ると、この着物もまた似合わない。引いていく波のように、後ろに脱ぎ棄てよう。山で育てた藍蓼を臼でつき、その汁で染めた赤い着物を身に着けて、水鳥が胸毛をつくろうように、首を曲げて袖を振り自分を見ると、この着物はよく似合う。いとしい我が妻よ。群がる鳥のような皆を引き連れて、私が行こうとすれば、引かれて飛ぶ鳥のように、連れ立って私が行こうとすれば、お前は泣かないと言うが、山のほとりの一本の薄のように寂しいとお前は泣くだろう。それは、朝雨のように霧となって立つだろう。若草のような我が妻よ……ということでございました）

この歌を聞いたスセリ姫は酒杯《さかずき》を持って、夫のもとに近づいて、次のような歌を詠みました。

八千矛の　神の命や　吾《あ》が大国主　汝こそは　男《を》にいませば　うち廻《み》る
島の埼々《さきざき》　かき廻る　磯の埼落ちず　若草の　妻持たせらめ　吾はもよ
女にしあれば　汝を置《き》て　男は無し　汝を置て　夫《つま》はなし　文垣《あやかき》のふは
やが下に　蚕衾《むしぶすま》　柔《にこ》やが下に　栲衾《たくぶすま》　さやぐが下に　沫雪の　若やる胸を
栲綱の　白き腕　素手抱き　手抱き抜がり　真玉手　玉手さし枕き　股長
に　寝をし寝せ　豊御酒《とよみき》　献《たてまつ》らせ　（神語五）

（ヤチホコの我がオオクニヌシノ神よ。あなたは男でいらっしゃいますから、島や岬や磯を巡られ、若草の妻をたくさんお持ちになる。私は女ですから、あなた以外に男はいませんし、あなた以外に夫を持っていません。綾垣が揺れる下で、やわらかい絹の夜具の下で、さやさやと鳴る栲衾の下で、泡雪のような白い胸に、白い腕で抱きしめて、手と手をお互いに取り合い枕にして、足を長くのばして夜をお過ごし下さい。このお酒を召し上がって下さい）

このように后が歌ったので、二人は杯を交わし、末永く心の変わらないことを誓い、お互いに首に手をかけ合って、仲よく過ごしました。その魂は今に至るまで出雲の国に留まり、住んでいます。

以上の五つの歌を神語《かむがたり》といいます。

歌によってお互いの心を確かめ合い、変わらぬ絆を固く結び合います。今度は夫婦の愛の歌です。スセリ姫の苦しい切ない気持ちと、オホクニヌシノ神を誇らしく思う気持ちが感じられます。

前のヌナカワ姫の歌にも出てきますが、「事の　語り言も　こをば」が最後に使われています。「……ということでした」と訳せるわけですが、歌の最後の決まり文句のようなものです。とても興味深い表現だと思うのですが、自分の気持ちを歌いながら、最後に客観的に自分を見つめて終わるわけです。特にオホクニヌシノ神がヌナカワ姫に対して歌う最初の歌では、自分のことを「八千矛の　神の命は」と三人称で詠んでいます。少々芝居がかっていますが、さすが、オホクニヌシノ神ということでしょうか。

少名毘古那神

かのオホクニヌシノ神が、出雲の御大《みほ》の岬に着いた時、海のかなたからガガイモの実を船として、ミソサザイの皮の着物を着て、近寄ってくる神がありました。名前を尋ねても、周囲の者に尋ねても、誰も知りません。

そこへヒキガエルが現れて、「これはきっと案山子《かがし》のクエビコの奴が存じておりましょう」と言いました。そこで、案山子を召して尋ねたところ「これはカミムスヒノ神の御子で、名前は少名毘古那神（スクナビコナノカミ）でございます」、こう答えました。

カミムスヒノ神にこの由を伝えますと、「たしかにこれは私の子です。指の股からこぼれ落ちた子供です。そこでお前たち、共に兄弟となって、その国を一緒に作りなさい」、こう命じられて、オホクニヌシノ神とスクナビコナノ神は、お互いに力を合わせて国を築き上げました。

しかし、まだ事が終わらないうちに、スクナビコナノ神は常世国《とこよのくに》に渡って行ってしまいました。

さて、一人残されたオホクニヌシノ神は、次のように嘆きました。

「私一人でどうしてこの国を作ることができようか。いかなる神と力を合わせてこの国を作り上げたらよいだろうか」

この時、遠い沖合から海原を照らして、光り輝きながら近寄ってくる神がありました。その神が言うには、「もし私を立派に祭り崇めるならば、お前と一緒になってこの国を作ろう。そうでなければ、この国がうまく治まることは難しいであろう」

そこで、「それでは、どのようにお祭りしたらよろしいでしょうか?」と尋ねたところ、「大和の国を緑豊かに取り囲む山々の、その東の山の頂に私を祭るがよい」、このようにお答えになりました。

そんなわけで、御諸山《みむろやま》にこの神をお祭りしました。こうして、オホクニヌシノ神はついに葦原中国《あしはらのなかつくに》を完成させて、国作りを終えました。

大クニヌシノ神と少ナビコナノ神、大と少の神の協力で国が作られたのです。そして、ここに大和が登場します。後の国譲りへの関連を示しているのだと思います。

三輪山（三諸山）を御神体とする大神神社は日本最古の神社といわれていますが、何度か訪れたことがあります。神社に近づいていくと、まずその大鳥居に圧倒されます。境内に入ると、その土地自体から力が湧いているように感じられました。すべての物を司る大物主大神《オホモノヌシノオホカミ》が祭られているからでしょう。長い歴史と神々が生きる大きな神社です。

ところで、オホクニヌシノ神と国を作った「光り輝きながら近寄ってくる神」の名前が記されていません。三諸山に祭られているのですから、大物主大神になるわけですが、こんな重要な神さまの名前が書かれていないのは不思議です。

高天原の使いたち

オホクニヌシノ神が治める葦原中国は、その勢力を延ばし、たいへん繁栄していました。そこで、アマテラス大御神は考えました。

「末長く稲の穂のみずみずしく実る国である、この豊葦原《とよあしはら》の千秋の長五百秋《ながいおあき》の水穂国《みずほのくに》こそは、私の子供である正勝吾勝勝速日天忍穂耳命（マサカツアカツカチハヤヒアメノオシホミミノミコト）が治めるべき国である」

そして、御子を下らせましたが、御子は天と地に架けられた天の浮橋に立ち、「豊葦原の千秋の長五百秋の水穂国は、ひどく騒がしいようだ」と見てとり、その由をアマテラス大御神に説明しました。

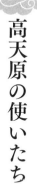

そこで、タカミムスヒノ神とアマテラス大御神は、天安河《あめのやすのかわ》に八百万《やおよろず》の神々を集めて次のように尋ねました。

「この葦原中国は我が御子の治めるべき国である。しかし、この国には、粗暴なすさまじい国神《くにつかみ》が大勢いる。この神々を従わせるには、どの神を使いに出したらよいものだろうか？」。

ここに、オモヒカネノ神は八百万の神と相談して、「天菩比神（アメノホヒノカミ）を使いに出しましょう」と提案しました。

ところが、アメノホヒノ神は葦原中国へ行ったなり、オホクニヌシノ神を尊敬して、三年経っても帰ってきませんでした。

タカミムスヒノ神とアマテラス大御神は、神々を再び集めて「葦原中国に使いに出したアメノホヒノ神は、いまだに帰ってこないし、事の成り行きを報告しようとしない。この次は、どの神を使いに出したらよいものだろうか？」と尋ねると、オモヒカネノ神は「天津国玉神（アマツクニタマノカミ）の子である天若日子（アメワカヒコ）を使いに出してみましょう」と答えました。そこで、天之麻迦古弓《あめのまかこゆみ》と天之波波矢《あめのははや》とを授けて、地上に差し向けました。

ところが、アメワカヒコは地上に着くと、さっそくオホクニヌシノ神の娘、下照比売（シタテルヒメ）を妻にして、なんとかこの国を自分のものにしようと野心を起こし、八年経っても戻ってきませんでした。

待ちかねたタカミムスヒノ神とアマテラス大御神が、「使いに出したアメワカヒコもまた、久しくなるのにまだ戻らない。このうえはどの神を行かせて、その事情を尋ねさせたらよいだろうか？」と尋ねると、オモヒカネノ神は「雉名鳴女（キギシナナキメ）を使わすべきです」と進言しました。

そこで、次のような命令を与えました。

「お前はアメワカヒコにこう訊くがよい。お前を使わせたのは、粗暴な神々を従わせるためである。なぜ八年も戻らず報告しないのか？　こう訊け」

キギシナナキメは、アメワカヒコの家の入口にある桂の木に止まり、天神《あまつかみ》の命令を伝えました。ところが、ここに天佐具売（アマノサグメ）という心根のよくない巫女が、「この鳥の鳴き方はひどく不吉です。こんな鳥は射殺しておしまいになったらよろしいでしょう」、このように言い勧めたので、アメワカヒコは天神からいただいた弓と矢を持ち出して、雉を殺してしまいました。その矢は雉の胸を突き通して、なんとアマテラス大御神のもとに届きました。矢の羽に血がついているのを見たタカミムスヒノ神は、「この矢はアメワカヒコに授けられた矢ではないか！」と驚き、次のように宣言しました。

「もしアメワカヒコが命令されたとおりに粗暴な神を射通したのならば、これはアメワカヒコに当たるな。しかし、もし命令に背いたのならば、アメワカヒコはこの矢に当たって失せろ！」

そして、元のところめがけて突き返すと、矢はアメワカヒコの胸に当たって死んでしまいました。

さて、大事な夫に死なれて、妻のシタテル姫の嘆き悲しむ声が、風にのって高天原まで届きました。そこで、アメワカヒコの父、母、兄弟たちは下界に下ってきて、共に嘆き悲しみ、八日八晩、死者の魂を慰めるために歌い踊りました。この時、たまたま顔も姿かたちもアメワカヒコに生き写しの阿遅志貴高日子根神（アヂシキタカヒコネノカミ）が弔《とむら》いに来たので、「我が子は死んだのではなかったのか！」とみなが口々に叫び、その手足に泣いてすがりました。

しかし、間違われたアヂシキタカヒコネノ神は、「私は友であったからこそ、わざわざ弔いに来たのだ。なぜ穢《けが》れた死人と間違えるのか！」と激怒し、剣を引き抜いて喪屋《もや》を切り、蹴り飛ばし、去ってしまいました。

一方、シタテル姫は兄の名であるアヂシキタカヒコネノ神が神々に知られないのを残念に思い、次のような歌を詠みました。

天《あめ》なるや　弟棚機《おとたなばた》の　項《うな》がせる　玉の御統《みすまる》　御統に　穴玉《あなだま》はや　み谷《たに》
二渡《ふたわた》らす　阿治志貴《あぢしき》　高日子根《たかひこね》の神そ

（天にいる若い機織り姫の、首に懸けた玉の飾り、その赤く穴玉は輝き、二つの谷にまで届くほどです。それと同じくらい光り輝いているのがアヂシキタカヒコネノ神です）

この歌は夷振《ひなぶ》り（田舎風の味わい）です。

アマテラスからの使いである神々が、次々と地上に来て人間世界の欲に引き込まれてしまうのがおかしくもあります。アマテラス大御神はさぞ困ったことだろうと思いますが、きっと地上はとっても魅力的だったのでしょう。

それにしても、おもしろいなあと思うのが、高天原から誰を使いに出すか相談するところです。アマテラス大御神が岩屋に隠れてしまった時も、スサノヲノ命を追放する時も、神々は集まって会議を開くのです。アマテラス大御神は、独断では物事を決定しないようです。

大国主神の国譲り

たびたび事に失敗したアマテラス大御神は、次のように尋ねました。

「今度という今度は、どの神を使いに出したらよいものだろうか？」

そこで、オモヒカネノ神は、「天岩屋にいる神、伊都之尾羽張神（イツノヲハバリノカミ）、あるいはその子である建御雷之男神（タケミカヅチノヲノカミ）、これを使いに出しましょう」と提案しました。それを伝える天迦久神（アメノカクノカミ）がイツノヲハバリノ神に尋ねると、「畏れ多いことです。しかし今度の仕事は、私の子タケミカヅチノヲノ神が適任と思われます」と答えました。こうしてタケミカヅチノヲノ神は、天鳥舟神（アメノトリフネノカミ）と共に葦原中国へと旅立ちました。

さて、伊那佐《いなさ》の浜辺に着いたタケミカヅチノヲノ神は、十掬剣《とつかのつるぎ》を抜いて波の頂に切っ先を上に逆さまに立てて、その先に足を組んで座り、オホクニヌシノ神に向かって尋ねました。「我々は、アマテラス大御神とタカミムスヒノ神の命によって使わされた。『お前が治める葦原中国は我が子が治める国である』と申され、その役目を御子に委ねられた。汝の考えはいかがなものか？」

これに対してオホクニヌシノ神は、次のように答えました。

「私の一存でお答えするわけにはいきません。私の子の八重言代主神（ヤヘコトシロヌシノカミ）がお答え申すところですが、ただ今、御大の岬に出かけており、まだ帰りません」

そこで、さっそく迎えに行かせて、その意向を尋ねたところ「畏れ多いことです。この国は天神の御子に差し上げましょう」。こう言うと、柏手《かしわで》を打って神座《しんざ》を作り、そのまま姿が見えなくなりました。オホクニヌシノ神はさらに、「今一人、私の子に建御名方神（タケミナカタノカミ）がおります」。このように答えたところにタケミナカタノ神がやって来て、千人力でやっと動くほどの大岩を軽々手の先で持ち上げて、大声で叫びました。「何者だ！こそこそしゃべっているのは誰だ？　我が国を取ろうというならば、一つ力比べをやろうじゃないか。まず己が先に、お前の手を掴んでやるぞ」

そして、すぐさまタケミカヅチノヲノ神の手を掴むと、その手は氷の柱に変化し、剣となって襲ってきたので、タケミナカタノ神は恐れて退きました。

今度は、タケミカヅチノヲノ神がタケミナカタノ神の手を掴み、若い葦を握りつぶすように、遠くに投げ飛ばしてしまいました。さすがのタケミナカタノ神も逃げ出し、これをタケミカヅチノヲノ神が追いかけていき、洲羽《すわ》の海まで追い詰め殺そうとすると、「恐れ入りました。命だけはどうか助けて下さい。この土地以外には決してどこにも行きません。父オホクニヌシノ神の言うとおりにいたします。この葦原中国は天神の御子に差し上げます」。タケミナカタノ神はこう言いました。

そこで、タケミカヅチノヲノ神はさらに、オホクニヌシノ神に尋ねました。

「汝の子供たちは天神の御子の仰せに従って、必ずや背かないと申している。そこで、汝の思うところはどうか？」

オホクニヌシノ神が答えて言うには、「私も決して背くことはありません。この国は悦んで差し上げましょう。ただ、天神の御子が天津日継《あまつひつぎ》をお受けになる光り輝く宮殿のように、地の底まで深く宮柱を埋め、高天原に届くほどに高い屋根の立派な宮殿を築いて下さい。そして私を祭って下さるならば、身を隠すことにいたしましょう。また、私の子供である百八十人の神々は、必ずお仕えいたします。一人として仰せに背く神はありますまい」。このように語り、ついに身をお隠しになりました。

そこで、出雲の国の浜辺近くに神殿を築き、櫛八玉神（クシヤタマノカミ）が料理をして、神前に供える御饗《みあえ》を天神に献上しました。そのうえで次のような祝詞《のりと》を奏上しました。

この我が燧《き》れる火は、高天原には、カミムスヒの御祖命（ミオヤノミコト）の、とだる天の新巣《にひす》の凝烟《すす》の、八挙《やつか》垂《た》るまで焼《た》き挙《あ》げ、地《つち》の下は、底つ石根《いわね》に焼《た》き凝《こ》らして、栲縄《たくなは》の、千尋縄《ちひろなは》打《う》ち延《は》へ、釣《つり》せし海人《あま》の、口大《くちおほ》の、尾翼鱸《をはたすずき》、さわさわに、控《ひ》き依《よ》せ騰《あ》げて、打竹《さきたけ》の、とををとををに、天の真魚咋《まなぐひ》、献《たてまつ》る

（私がおこす火は、高天原にいるカミムスヒノ神の新しい台所で焚き上げた、煙の煤が八握ぐらい垂れ、地には固く岩になるまで焼いた火です。栲縄を長く海中に延ばして、釣り人が大きな口の尾翼鱸を、にぎやかに引き寄せて釣り上げ、竹の台にいっぱい載せて、真魚の御饗を献上しましょう）

こうしてタケミカヅチノヲノ神は高天原に帰り、葦原中国を平定した様子を報告しました。
これが出雲の国譲りです。

祝詞は原文のままを載せました。祝詞に謳われた鱸《すずき》は出世魚で、成熟魚が鱸と呼ばれますが、成長するにつれ名前を替えたオホクニヌシノ神にふさわしい魚といえます。物の本によると、鱸は島根県でよく食べられているそうです。

心血を注いで造り上げ繁栄させた国を、最後に譲ることになったオホクニヌシノ神の心境はどのようなものであったのでしょう。万感の思いで決断した年老いたオホクニヌシノ神の姿が思い浮かびます。『古事記』はアマテラス大御神より、スサノヲノ命、そしてこのオホクニヌシノ神について、本当に多くを語っています。この敗者ともいえる者の立場に立っての視点が『古事記』の大きな魅力です。

国を譲った際に建てられたのが出雲大社です。縁結びの神様として訪れた方も多いと思います。まず、その広さ大きさに驚かされ、雄大な境内と屋根の曲線が美しい大社造のお社など、古代にタイムスリップしたかと思うほどです。十月は神無月、でも全国の神様が集まる出雲では神在月、ふつう二拝二拍手一拝のところ、二拝四拍手一拝の拝礼と、すべてが独特です。

出雲大社

第五章　天孫降臨

天孫降臨

アマテラス大御神とタカミムスヒノ神は、マサカツアカツカチハヤヒアメノオシホミミノ命に次のように命じました。

「今、葦原中国《あしはらのなかつくに》はすっかり平定したと報告があった。よって葦原中国に降って、国を治めよ」

すると、「私が降る準備をしている間に御子が生まれました。名は天邇岐志国邇岐志天津日高日子番能邇邇芸命（アメニギシクニニギシアマツヒコヒコホノニニギノミコト）であります。この子を降ろしましょう」と答えました。

そこで、このヒコホノニニギノ命に天神《あまつかみ》の命令を授けて、「この豊葦原《とよあしはら》の水穂国《みずほのくに》は、汝の治める国であると命ずる。よって天より地に降るべきものである」。このように、詔《※みことのり》しました。

さて、いよいよニニギノ命が下界に降り立とうとする時、天上の道に、上は高天原《たかまのはら》を照らし、下は葦原中国を照らす神がありました。そこで、アマテラス大御神とタカミムスヒノ神はアメノウズメノ命に、「お前はかよわい女であるが、勇しい神である。ゆえに、我が御子が天降るべき道を何者が塞いでいるか、尋ねてみよ」、このように命じました。

アメノウズメノ命が尋ねると、「私は国神《くにつかみ》で、名は猿田毘古神（サルタビコノカミ）です。天神の御子が天降りされると聞きつけたので、道案内を務めようと存じて、お待ちしておりました」と答えました。

そこで、アメノコヤネノ命、フトタマノ命、アメノウズメノ命、イシコリドメノ命、タマノオヤノ命、合わせて五柱の神々にそれぞれの役目を定め、天降りさせました。この時、アマテラス大御神はニニギノ命に、八尺《やさか》の勾玉《まがたま》、鏡、天叢雲剣《あめのむらくものつるぎ》（草那芸《くさなぎ》の太刀）を授け、さらにオモヒカネノ神、タヂカラヲノ神、アメノイハトワケノ神を同伴させました。

そして、アマテラス大御神は「ニニギノ命はこの鏡を私の御魂として、我が身を拝むように祭りなさい。次にオモヒカネノ神は、神の政事を執り行いなさい」と詔しました。

さて、ここにニニギノ命は、空に幾重にもたなびいている雲を押し開いて、堂々と威厳をもって進みました。そして、天の浮橋に立ち寄って下界を眺め、筑紫《つくし》の日向《ひむか》にある高千穂の峰に天降りしました。

ニニギノ命は、次のように述べました。

「この土地は韓国《からくに》を望み、笠沙《かささ》の岬を出て、朝日を正面から受け、夕日が照らす国である。ここそは最良の土地である」

そして、地の底深く宮柱を埋め、高天原に届くほど屋根の高い宮殿を築いて住みました。これを日向の宮といいます。

このようにして、アマテラス大御神の孫が葦原中国を治めるために、高天原から降りたちました。これが天孫降臨です。


まさに、エルガーの『威風堂々』の音楽が流れそうな、堂々たる天孫降臨です。

アマテラス大御神が、ニニギノ命に授けた八尺の勾玉、鏡、天叢雲剣（草那芸の太刀）がいわゆる三種の神器です。

ところで、ニニギノ命の名前のなんて長いこと！　使われた漢字は二十個です。『古事記』を読みはじめて途中で挫折する理由の一つが、このむずかしい神様の名前にあります。少しでも読みやすくするため、二回目に出てきた時は、カタカナを使っています。

※詔は、天皇が言う命令、またそれを文書にしたものをいいます。

天孫降臨

木花之佐久夜姫

日嗣《ひつぎ》の御子であるヒコホノニニギノ命は、笠沙の岬で美しい乙女に出会いました。そこでさっそく、「あなたは誰の姫か？」と尋ねると、「大山津見神（オホヤマツミノカミ）の娘で、木花之佐久夜姫（コノハナノサクヤヒメ）と申します」と答えました。さらに、「お前には兄弟があるのか？」と訊いたところ、「姉に石長比売（イハナガヒメ）がございます」とのこと。

そこで、思いを打ち明けて、「私はお前を妻にしたいと思うが、お前の気持ちはどうであろうか」と尋ねると、「私からお答えすることはできません。父のオホヤマツミノ神からお返事いたしましょう」と答えました。

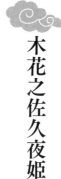

事の次第を知った父神はたいそう悦び、たくさんの結納の品物を積み、姉のイハナガ姫も一緒に添えて、娘を差し上げました。

ところが、姉のイハナガ姫はひどく醜い顔をしていたので、ニニギノ命は驚き恐れ、イハナガ姫だけを実家に帰してしまいました。

父のオホヤマツミノ神はたいそう恥じて、「私が娘二人を一緒に差し上げたというのも、イハナガ姫はその名前が示すとおりに天神の御子の寿命は、雨が降り風が吹こうとも岩のように揺るぎませんようにと、またコノハナノサクヤ姫の方はその名前が示すように、桜の花のごとく栄えますようにと、このように誓いを立てて差し上げたものでございます。それにもかかわらず、コノハナノサクヤ姫のみお留めになったのですから、今後は天神の御子の寿命といえども、桜の花の散るように脆《もち》くはかないものとなりましょう」、このように言い送りました。

以来、今に至るまで、代々の天皇の命は限りあるものとなり、寿命が与えられたのです。

その後、コノハナノサクヤ姫はニニギノ命に、「私はあなた様の子をみごもりましたが、今やお産をする時となりました。この子は天神の御子でございますので、私ひとりの子としてお産するべきでないと思い、お伝えにまいりました」と知らせました。

すると、ニニギノ命は「サクヤ姫よ、お前は一晩でみごもったと言うのか？　それは私の子ではない。きっと国神の子にちがいない」と疑ったので、サクヤ姫は「そのようにおっしゃられるのですか。もし私の子が国神の子であるなら、お産は無事にすみますまい。しかし、もし天神の御子であるならば、必ずや無事に生まれるでしょう」、このように答えました。

そして、コノハナノサクヤ姫は、出口のない八尋殿《やひろどの》を造り、その中に入ると自ら火を放ち、燃え盛る火の中で子を生みました。火の中で生まれた子は、火照命（ホデリノミコト）。次に火須勢理命（ホスセリノミコト）。それから天津日高日子穂穂手見命（アマツヒコヒコホホデミノミコト）。別名、火遠理命（ホヲリノミコト）です。

以前、富士山に登った時、コノハナノサクヤ姫が守護神であると知って、女の神様が守っていることに驚きましたが、このくだりを読んで納得します。激しい強い女神なのです。

それにしても、醜い女性は嫌、本当に自分の子？　などと、ニニギノ命さんには申し訳ありませんが、太古の昔から身勝手な男性はいるのですね。

富士山

木花之佐久夜姫

海幸山幸・綿津見の宮

ニニギノ命とコノハナノサクヤ姫の間に生まれた、兄のホデリノ命は海の獲物を取る海佐知毘古《ウミサチビコ》として、弟のホヲリノ命は山の獲物を取る山佐知毘古《ヤマサチビコ》として、仕事をしていました。

ある時、ホヲリノ命は兄のホデリノ命に向かって言いました。

「兄さん、私の弓矢と兄さんの釣針を、ひとつ取り替えてみませんか？」。このように何度も頼み込んで、やっと道具を交換してもらうことができました。

ところが、ホヲリノ命は一匹も魚を釣ることができず、そのうえ兄が大事にしていた釣針を海の中で失くしてしまいました。そこへ兄のホデリノ命が来て、「山さちも己がさちさち、海さちも己がさちさち。さあ、もう道具を元に戻そう」と言ったので、ホヲリノ命は「兄さんの釣針で魚を釣ってみたところ、一匹も取れなかったうえに、実は釣針を失くしてしまったのです」と打ち明けました。

ところが兄は、どうしても返せと弟を責めたてたので、ホヲリノ命は十拳剣《とつかのつるぎ》から五百の針、さらには千の針を作りました。それでも兄は、どうしても元の釣針でなければ嫌だと言いはりました。

弟のホヲリノ命は、ただ泣き悲しんで海辺に座り込んでいると、そこへ塩椎神（シホツチノカミ）が現れて尋ねました。「日の御子のホヲリノ命、どうしてそのように泣き悲しんでおいでになるのですか？」。ホヲリノ命がこれまでのいきさつを話しますと、シホツチノ神は「それでは私が、あなた様の力になってさしあげましょう」と申し出て、竹籠の小舟を作ると、ホヲリノ命をその船に乗せて、次のように教えました。

「このまま舟の流れるままにお行きなさいませ。やがて、魚の鱗《うろこ》のような宮殿、綿津見神《ワタツミ》の宮殿がございましょう。その御門に着いたならば、そのかたわらにある桂の木に登ってお待ちなさい。海の神の娘が、なんぞうまい手だてをめぐらすでございましょう」

ホヲリノ命が教えられたように進んでいくと、すべてが言われたとおりでした。そして、桂の木に登っていると、海神《ワタツミ》の娘、豊玉毘売（トヨタマビメ）の侍女が、泉の水を汲みに現れました。ホヲリノ命が水を所望すると、侍女は冷たい水を差し出しました。

しかし、ホヲリノ命は水を飲まずに、首飾りの玉を器に入れました。すると、この玉は器にしっかりとくっついて取れなくなってしまったので、不思議に思った侍女は、そのまま器をトヨタマ姫に差し出しました。それを見たトヨタマ姫は「もしかしたら門の外に誰かいるのではないの？」、こう尋ねたので、「桂の木に、たいそう美しい若い男がおります」と侍女は答えました。これを聞いたトヨタマ姫は、門の外に出て、ホヲリノ命を一目見るなりお互いに恋に落ちて、ホヲリノ命がいることを、父である海神に報告しました。

海神はさっそく外に出ると、「おお、この方は日の御子であるホヲリノ命ではないか」と言い、宮殿の中に招き入れました。そして、百におよぶ結納の品物を取りそろえ、御馳走をふるまい、娘トヨタマ姫を差し上げました。こうしてホヲリノ命は、三年もの年月を綿津見の国で過ごしました。

ある日、ホヲリノ命は、ようやく生まれた国のことを思い出して、深い深い溜息を洩らしました。この様子を見たトヨタマ姫は心配になって、海神に相談しました。そこで、海神はホヲリノ命に、「なんぞ心配ごとでもございますか？　そもそもこの国においでになった訳など、お聞かせくださいませんか？」、このように尋ねました。

ホヲリノ命は、それまでのいきさつを詳しく話しました。海神は事情を知ると、すべての魚を呼び集めて、その中から一匹の鯛を見つけ出すと、その喉にささっている釣針を取り出して、ホヲリノ命に差し出しました。そして、次のように教えました。

「この釣針を兄君にお渡しになる時に、忘れずにこう言葉を呟いてお渡しなさい。『この釣針は心のふさがる針、心のあせる針、貧乏な針、愚かな針』、このように言って、後手にお渡しなさい。もし、兄君が高い土地に高田《あげた》を作るようなら、あなた様は低い土地に下田《くぼた》をお作りなさい。また、兄君が下田を作るようなら、あなた様は高田をお作りなさい。そうなされば、私が水を支配していますゆえ、三年の間に兄君は必ずや貧しくおなりでしょう。もしそれで、兄君があなた様のことを怨んで攻めてくるようなら、この塩盈珠《しおみつたま》を出して溺れさせ、また、もし哀れみを乞うようなら、塩乾珠《しおひるたま》を出して救い、これを繰り返して懲らしめておあげなさい」

　そして、塩盈珠、塩乾珠の二つの珠を授けました。それから、海にいるすべてのサメを呼び集めて、ホヲリノ命を一番速く国に送り届けることができる一尋《ひとひろ》のサメを選び、ホヲリノ命をそのサメの頸に乗せて、送り出しました。

「お前は海の中を渡ってゆく時、ホヲリノ命に決して怖い思いをおさせ申してはならないぞ」、このように命じました。サメは、言われたとおりに一日で送り届けました。ホヲリノ命は褒美として、紐のついた小刀をサメの頸にかけて、帰してやりました。

故郷に帰ったホヲリノ命は、海神から教えられたとおりにして、兄のホデリノ命に例の釣針を返しました。その後、万事が海神の言ったように運び、兄は次第に貧しくなり、ついには心を荒げて、何度も攻めてきました。

そこで、攻めてくる時は塩盈珠で溺れさせ、哀れみを乞う時は塩乾珠で救い、これを繰り返して懲らしめてやりました。すると、兄のホデリノ命はすっかり恐れ入って、弟君を拝んで「私はこれから先、昼夜をおかずあなたの宮殿の守護の役を務めて、お仕えいたします」と言いました。かくしてホデリノ命の子孫の隼人《はやびと》は、常に朝廷に仕えているのです。

民話『浦島太郎』のもとになっているお話ですが、『古事記』に出てくる兄弟争いのすべてのお話では、弟に軍配が上がります。何かしら意味があるのかもしれません。この海幸山幸のお話を読んで、大事な物を失くされた兄ホデリノ命の気持ちもわかりますが、誰にでもミスはあるもの、ゆるす気持ちが大切であると思いました。しかし自分の体験を思い返しても、言うは易し、ゆるすことは、なかなか難しいです。

封建時代以降、「長男」が家系、家財の継承者でしたが、現在では民法上、兄弟は平等になりました。しかし、慣習的には、まだ「長男」という意識は残っているように思います。

ホヲリノ命が小舟でゆらりゆらりと綿津見の宮に向かう場面を思い浮かべると、自然と音楽が流れてきました。

海幸彦山幸彦

豊玉姫の歌

この後になって、綿津見の宮で一緒に過ごした海神の娘トヨタマ姫は、自ら夫のホヲリノ命を訪ねて、次のように告げました。

「私はあなた様の子をみごもっておりましたが、今やお産をする時となりました。天神の御子をお生みするのに、海原で生むべきではないと思い、こうして出てまいりました」

そこで、さっそく海辺の波うち際に産殿《うぶや》を作って、その中にお入りになり、いよいよお産をするという時に、夫に向かって「すべて他の世界の者は、お産をする時になれば、必ず元の姿かたちになって子を生むものです。ですから私もただ今、元の姿にかえって生もうと思います。どうか、決して私を見ないで下さい」、このように頼みました。

ところが、この言葉を不思議に思ったホヲリノ命は、妻がお産をしている様をこっそり覗いてしまいました。すると、トヨタマ姫は恐ろしいサメの姿になり、腹這いのたくっていたので、ホヲリノ命は驚いて逃げ出しました。

覗かれたことを知ったトヨタマ姫はとても恥ずかしく思い、御子を生み終えると「今までは、私は海の道を通って行き来するつもりでおりましたが、私の元の姿を見られてしまって、とても恥ずかしく思いますので」と言って、海神の国へと帰っていってしまいました。

この時に生まれた御子の名は、天津日高日子波限建鵜葺草葺不合命（アマツヒコヒコナギサタケウガヤフキアヘズノミコト）といいます。

トヨタマ姫はその後、夫が覗き見たことを怨みに思ったものの、夫を恋しいという気持ちを抑えることはできませんでした。そこで、残してきた御子のお守をする役目を、妹の玉依毘売（タマヨリビメ）に託して、次の歌を献上しました。

赤玉《あかだま》は　緒《を》さへ光れど　白玉《しらたま》の　君が装《よそひ》し　貴《たふと》くありけり

（赤い玉は、その玉の緒まで輝いていますが、白い玉のように光り輝くあなた様のお姿は高貴です）

これに対して夫のホヲリノ命も、次のように歌って応えました。

沖つ鳥　鴨着《かもど》く島に　我が率寝《ゐね》し　妹《いも》は忘れじ　世の尽《ことごと》に

（沖にいる鴨が立ち寄る島に、共に寝たいとしい乙女をけっして忘れることはないでしょう）

ホヲリノ命は、高千穂の宮に五百八十年住みました。その墓は、高千穂の山の西にあります。ホヲリノ命の孫に、神倭伊波礼毘古命（カムヤマトイハレビコノミコト）、つまり神武天皇がいます。

ここでも「見てしまう」お話です。どうやら、この二人の幸せは、綿津見の宮での生活だけだったようです。

このように上巻は、神々の神話の世界を描いています。

あとがき

最後まで読んで頂きまして、ありがとうございました。まえがきでお断りしましたように、本文は原文を省略した部分がありますので、この本を読んで下さって『古事記』に興味を持たれた方は、私が参考に致しました池澤夏樹氏の『古事記』、倉野憲司氏校注の『古事記』、竹田恒泰氏の『現代語古事記』、福永武彦氏の『現代語訳古事記』（著者名50音順）などを読んで頂ければと思います。

私は「古事記を奏でる」という試みを7回のコンサートを通して発表してきて、現在は中巻が終わったところです。私自身で台本を書きコンサートで語り、音楽では齊藤歩さん（フルーティスト・サウンドクリエイター）と二人で作曲してピアノ演奏と歌で表現しています。『古事記』をテーマにすることを決めてから、その世界の壮大さを前にして、私一人ではとても表現しきれないと考え、ユニット「倭音《やまとね》」を結成しました。メンバーは、まず前出の齊藤歩さん。多才な齊藤さんには、もちろんフルート演奏や編曲も担当して頂いています。次に塩谷浩美さん。メンタルケア・スペシャリストである塩谷さんには、私のパーソナルトレーナーとして支えて頂いています。そして河田為雄さん。東芝ＥＭＩでプロデューサーをなさっていた河田さんには、技術面を担当して頂いています。最後に調律師の池田太郎さん。調律だけでなく、コンサートの進行役やさまざまなアドヴァイスを頂いています。彼ら大切な仲間と共に、この「古事記を奏でる」を作り上げています。心から感謝の念を捧げます。

そして、このCD付書籍の企画を提案して下さったナチュラルスピリットの社長今井博央希さんはじめスタッフの皆さま、編集者の豊田恵子さんに心からお礼を申し上げます。おかげさまで、多くの方々に私たちの『古事記』の世界を読んで聴いて頂くことができました。

また、幼い頃からピアノの指導を受けている田村明子先生。歌唱指導者の山本隆則先生。Body Tect スタジオトレーナー荻山悟史先生。妹である作家・翻訳家の飛幡祐規。これまでのコンサートなどを通して、私たちの試みを励まして下さった友人や聴衆の皆さま。そしていつも見守ってくれた家族である母、夫、娘。深く深く感謝申し上げます。

神武夏子

参考文献

・『古事記　日本文学全集01』（池澤夏樹訳／河出書房新社）
・『古事記』（倉野憲司校注／岩波文庫）
・『現代語古事記』（竹田恒泰著／学研パブリッシング）
・『現代語訳古事記』（福永武彦訳／河出書房新社）

付録CD『古事記を奏でる』

『古事記』上巻

神武夏子　　ピアノ演奏、語り、歌

齊藤　歩　　フルート演奏、DTM

1、天地創造	神武夏子、齊藤　歩	作曲	3′15″
2、伊邪那岐命と伊邪那美命	神武夏子	作曲	3′02″
3、黄泉国	神武夏子、齊藤　歩	作曲	2′14″
4、天照大御神	神武夏子	作曲	2′41″
5、宇気比	齊藤　歩	作曲	1′57″
6、天岩屋戸	齊藤　歩	作曲	2′56″
7、八俣の大蛇	神武夏子	作曲	3′36″
8、八雲立つ	神武夏子	作曲	2′04″
9、稲羽の白兎	神武夏子	作曲	2′16″
10、大国主神の受難	齊藤　歩	作曲・キーボード	2′33″
11、少名毘古那神	神武夏子	作曲	2′59″
12、高天原の使いたち	齊藤　歩	作曲	2′07″
13、国譲り	齊藤　歩	作曲	2′19″
14、祝詞	神武夏子	作曲	3′41″
15、天孫降臨	神武夏子	作曲	
	齊藤　歩	編曲	3′50″
16、木花之佐久夜姫	齊藤　歩	作曲	3′16″
17、綿津見の宮	神武夏子	作曲	3′07″
18、海幸山幸	齊藤　歩	作曲	3′11″
19、豊玉姫	齊藤　歩	作曲	3′24″

（全 55′ 00″）

レコーディング・ミキシング・マスタリングエンジニア　河田為雄

スーパーバイザー　塩谷浩美、池田太郎

JASRAC許諾番号 R-1500142TR

録音を終えて

「古事記を奏でる」の曲は、ピアノソロ、フルートとピアノ、あらかじめ作っておいたオーケストレーションに合わせてのピアノやフルートなど多様に富んでいて、録音もさまざまな形になりました。一つ一つの曲を、みんなでその背景を感じながら、集中して臨みました。曲を通して、調和の心を表す「かむながら」が伝わることを願います。

神武夏子

河田為雄

ユニット「倭音《やまとね》」

塩谷浩美

池田太郎

齊藤 歩

演奏家・作曲家略歴

齊藤 歩（さいとう・あゆみ）

国立音楽大学附属高等学校を経て、国立音楽大学フルート専攻を首席で卒業。国立音楽大学卒業演奏会、読売新人演奏会に出演。これまでにフルートを上坂学、大友太郎、マティアス・シュルツ、故ギュンター・フォーグルマイヤーの各氏に師事。コンサートのみならず、クラブ・ライブハウスでの演奏も精力的に行う他、楽曲制作、編曲、サウンドプロデュースも手がけ、ジャンルを問わず活動中。

著者略歴

神武　夏子（こうたけ・なつこ）

ピアニスト、作曲家、朗読家。武蔵野音楽大学音楽学部ピアノ科卒業。フランス留学後、エリック・サティと「フランス６人組」の音楽を、リサイタルを中心に、サロン・コンサート、NHK―FM「名曲リサイタル」出演など、さまざまなかたちで紹介している。また、詩人藤富保男氏とピアノと詩の朗読による「詩を奏でる」を各地で公演。2012年以降、『古事記』をテーマにして、音楽と語りによる独自の世界を企画・プロデュースし、自ら表現する活動をしている。2002年、CD『café des six』、2006年、CD『café Poulenc』を発表。

HP：http：//www.kotakenatsuko.net/

古事記を奏でる
CDブック 上巻

●

2015年11月11日　初版発行

著者／神武夏子

イラスト／MACCHIRO

装幀／HOSOYAMADA DESIGN OFFICE

編集／豊田恵子

本文デザイン・DTP／大内かなえ

発行者／今井博央希

発行所／株式会社ナチュラルスピリット
〒107-0062　東京都港区南青山5-1-10
南青山第一マンションズ602
TEL 03-6450-5938　FAX 03-6450-5978
E-mail:info@naturalspirit.co.jp
ホームページ http://www.naturalspirit.co.jp/

印刷所／株式会社暁印刷

ISBN978-4-86451-181-0 C0095
落丁・乱丁の場合はお取り替えいたします。
定価はカバーに表示してあります。